からっぽの光

うつわ小説
その1

いしいしんじ

The
UTSUWA
Series
Book 1

MINATONOHITO

ライン電話で牧野マキ先輩から留守番を頼まれた。

「マンションの部屋をあける一年のあいだ、アユコに住んでほしいの」

家賃は不要、電気、ガス、水道代は払っておいてほしい。部屋にあるものはなんだって使ってかまわない、戻ったとき、どこか壊れていようが破れていようが、いっさい文句はいわない。住み暮らしてさえくれていればそれでいい。

牧野先輩は大学の二学年上で、同じ登山部にはいっていた。冬眠あけの熊を説得して森へかえしたとか、角の生えた銀色の人を背負って北岳の山頂まであがったとか、四年間でうちたてた伝説は数がしれない。

卒業後は、就活なんていっさいしないのに、幼稚園児でも知ってるグローバル企業に悠々迎えられ、ついこないだ、五年目で新規事業チームの一員に選抜された、ってきいた。二個下のわたしは、やっとこ、龍吉おじさんの営む染色工場の営業職だ。人間としてのスケール感が三桁はちがう。ヌクレオチドの塩基配列が、先輩はたぶん、ATGCにくわえ一個か二個多く、わたしはTかGあたりが何本か抜け落ちてる。

「そもそも、まる一年、どこいってるんです?」

「アンデス高原」

先輩は即答した。

「ちょっと結婚するかもしれなくってね、クカ族って山岳民族の出の男の人と。で、部族の習慣で、一年間は村で『コンドルのしもべ』をつとめなきゃならないんだって」

「わたしも、よく知らない」

「なにいってんだかわからない」

先輩は朗らかに笑って、

「でも、おもしろそうじゃない?」

こういうひとなんだよな、牧野先輩。

ちょうど、住んでる賃貸マンションの更新時期がせまっていた。先輩のマンションは繁華街にほど近い住宅地の六階建て。一度、牡蠣パーティで呼ばれたことがある。バスケの試合ができそうなくらい天井が高く、ヤッホー、と呼びかければこだまがかえるほど壁が遠かった。ベランダに出ると東京の夜景がパノラマ写真みたいに見わたせ、バス・ルームからカウガール姿のテイラー・スウィフトが登場しても不思議じゃなかった。

あの部屋で、家賃無料か。

ひとつだけ、注意、と先輩はいった。

「植物、ね。部屋に鉢植えがあるの。それには毎日水をあげて」

「あの、先輩」

「なに」

わたしは大きく息を吸うと、

「住んでる部屋をまるまる引き渡すなんて、よくよく考えれば、けっこうおおごとじゃないですか。なんで、わたしなんですか。がさつで、無愛想で、暮らしの豆知識とか、なんにもしらない、ただのOLなのに」

ほんの少し、沈黙の間があった。先輩が口を閉じ、そうして開くさまが、目の前にホログラフィみたいにゆっくりと見えた。静謐な空気がぴんと張りつめた。電話から声がとどく前にわたしはなんだか胸がいっぱいになって、携帯を握りしめる手を左から右へ持ちかえた。

「アユコじゃないと頼めないよ」

先輩はいった。

「一年後、わたし、ここに帰ってきたいのね。でも、一年間空き家の部屋はいやだ。誰かがまじめに暮らしていてほしい。そんな誰かって誰、って、そう考えたとき、わたしにはアユコの顔しか浮かばなかったよ」

週末の朝、バックパックをしょって住宅地の公園を歩いた。木もれ陽の下、樹林の暗がりを、ばらまかれた磁石みたいに子どもたちが駆けまわっていた。茂みがとだえた窪地の陽だまりに、ポロシャツ姿のおじいさんや高そうな犬を連れたおばさんが、なんのグループか、ペットボトルを手に手に集まっていた。

そういえば前の日から、工場のみんな、ぞろぞろ電車に乗って、慰安旅行で熱海だ。龍吉おじさんと、血のつながりはない。おじさん、おばさんには、娘も息子もいたことがない。血がつながっていない、その分わたしは、ふたりとのあいだに、一見か細いけれど、いざとなればザイルみたいに張りつめる、目に見えない糸の存在を感じてきた。

大学二年生のお花見のとき、工場裏の川土手で、「むかし、ほんのちょっぴり山をやってた」龍吉おじさんと牧野先輩が、焼酎のコップ片手に話しこんでたこともあった。夕暮れまで互いのビバーク体験を披露しあってたそうだ。

マンションのエントランスは無人だった。いわれていたとおり、オートロックのタッチパネルに指を置いて自分の名をつぶやくと、ウイー、とおとなしくドアがひらいた。

ひさしぶりにはいった先輩の部屋には、朝日の余韻がまだたっぷりのこっていた。明るいベージュの革ソファに倒れこみ、クッションに顔をうずめて、二度寝したい衝動をなんとか押しとどめた。

ガラステーブルの上に、書き置きが残してある。英語の筆記体みたいなくせ字の箇条書き。三つ目に「植物には朝と夕方に二度、てきとうな分量の水をあげてね」とあり、たしかにベランダにつづくサッシ戸の前に、樹木の植わったプランターがふたつ。なんて種類だろう、がさつ女子のわたしには、草木の名前なんてぜんぜんわからない。箇条書きの七つ目には「一年に一度だけ、花がひらく。それまでに帰ってくるつもり」とあった。

掃除からはじめることにした。もちろん先輩は、きれいさっぱり整理した上で出ていったけれど、今日から住まわせてもらうかぎり、わたしなりの気持ちをこめてこの場所を整えたい。いってみれば掃除は、この部屋へのあいさつだ。

リビング、寝室、廊下と、はたきをかけ、ほうきを使い、壁の前に膝をついて乾拭きした。玄関のラグには掃除機をかけ、ベランダのコンクリート床に水をまいて流した。六階の高さで空気はちょっぴり秋風の匂いがした。

午後三時過ぎ、キッチンにたどりついた。ひとり住まいにはちょっと大きすぎる食器棚に、シンプルな色かたちのお皿がていねいに重ねて置かれてある。来客が多かった、ってこともあるだろうけれど、たしか先輩のおじいちゃんが焼き物の作家で、小さいころからいっしょにろくろを回してたっていた。棚のなかには、先輩が作ったうつわも混じってるかもしれない。

ダイニングテーブルにずらり積みあげると、大小あわせ、七十以上の食器があった。棚のなかを拭いてから、平皿、お茶碗、お湯のみと、一個ずつふきんを当てて棚板にもどした。

あっ、と思いだし、マグカップのひとつに水道水をそそぎ、サッシ戸の前にはこんだ。水をかけると、プランターの土にさわさわと泡がひらき、樹木がかすかに身震いしたようにみえた。

瞬間、ドアベルが鳴った。防犯カメラのモニターを覗くと、一階のエントランスに大量の袋類を抱いたひとかげが立っていた。顔は陰になって見えないけれど、寝癖のついたくせっ毛、ひょろ長い背格好は、見まがえようがない。

「なあ、早くあけろって。重くってさ」

三つ年下の弟ソウが、歯ブラシくわえたみたいな口調でいった。


えらく広い部屋で、セレブ暮らし、って、おじさんがおおげさに吹聴したらしい。無念ながら、噂の種をまき散らしたのはほかでもないわたし自身だ。ソウはバックパックと紙袋の束をかかえてリビングにあがりこむと、すか、すか、と鼻を鳴らし、

「じゃ、おれ、このソファあたりで」

といった。

「まさかあんた、住みこむつもりじゃないよね」

腕を組み、せいいっぱいの声を絞りだした。

ソウは前髪をかきかき、

「ほんの一週間くらいだよ。アパート、急に追いだされちゃってさ」

「な」

わたしは絶句しかけ、

「今度はなにやったの」

「ドリルで、壁に穴があいた」

「あけたんでしょ！」

ひょろりと伸びすぎた手足、髪をあげれば、男女どっちともとれるような目鼻立ち。そのくせ、無遠慮、不摂生、体力ゼロ。

ソウは現在、美術系大学の四年生だ。油画科にはいったものの、実物大以上のゾウのオブジェを学校の中庭で組みあげたり、ルーペでようやく見える、プランクトンの細密画を描いたりと、制作態度は気まぐれで幼稚。去年の個展が新聞に取りあげられたときは、作品の横で逆立ちし、Vサインを決める写真が文化面にのった。

十五秒ほどの間のうちに、リビングのテーブルまわりは、破れ地図、ブランケット、ぐるぐる巻いたロープ、大漁旗、張り子のフラメンコダンサー、改造ギター、等々といったがらくたで埋めつくされた。ソウは口笛を吹きながら早くも、バットをまっぷたつにしたくらいの棒を小型ナイフで削りはじめている。

わたし、熱した棒をのみこんだ気分で、

「あんたね、ここ、先輩のうちだよ」

姉っぽくいった。

「わたしが留守を預かってんの。勝手なことしないでくれる」

「マキさんには、連絡しといた」

ソウは木くずを『ホワット・ア・ワンダフル・ワールド』で吹き飛ばしながら、

「ねえちゃんがOKなら、ぜんぜんOK、っていってた」

時計をにらみつつ、地球の反対に陽がのぼる頃合いでラインのビデオ通話ボタンをおした。ふしぎと鮮明な映像のなかで、クカ族の衣装に身をつつんだ先輩は、裸の赤ん坊をふたり抱えながら、

「ソウくんからきいたよ」

といった。

「わたしは、いいと思う。アユコにとっても、ソウくんにとっても、わたしにとっても、植物や、この世にとっても」

「意味わかんない」

わたしがつぶやくと先輩はほおえみ、

「安心して、わたしはわかってるから。なにかあったら、アユコが決めて。アユコが家主で、ソウくんは店子。わたしはいまは、コンドルのしもべの、しもべの、まだ、尾羽の先っちょくらいでしかないから」

この世界は意味のわからないひとたちのルールでまわってる。ソウは棒っきれを削りながらいつものVサインをこちらへ高々とかかげた。わたしは吐息をついてキッチンにむかうと、片付けとちゅうの食器類をふきんで拭い、ゆっくり時間

をかけて、棚のあり得べき場所にひとつひとつ収めた。

三年前、牧野先輩は、大学一年のソウの初個展に来てくれた。高校のころからバイトしまくって貯めたお金で、無名の一学生のくせして、都内の有名ギャラリーを一週間借り切った。打ち上げ花火は盛大にあげなくっちゃあ、と、絵の具だらけのツナギ姿で本人は笑ってた。会期中毎日、毎時間、絵でも彫刻でも写真でも、ソウの作ったものがぞろぞろ増えていく。先輩が訪れた日、ソウは寝坊して朝からギャラリーにおらず、わたしは織物作家の家で草木染めのうんちく攻撃を浴びていた。

「龍吉さんからきいてはいたけど、とってもよかったよ。なんにも似てない。はじめて味わう感じばっかり」

先輩はその夜、電話ごしにまじめな声でいった。わたしはなぜかほっとして、ほっとした自分に少しいらっとして、マグカップの柄を握りなおし、

「そうですかね。遊んでるだけじゃないですか」

「アユコね、あんな風には、なかなか遊べないって」

先輩の声はいつも外の広いところできいてるみたいにひびく。

「幼稚園児のころとおんなじですよ、頭んなかもやることも」

わたしがつづけると、

「さすがアユコの弟だなって」

先輩はかえした。

「はあ？」

「あ、おこっちゃった？」

先輩はたぶん笑いながら電話をきった。わたしはまるで、戸外でひとりマグカップをもって立っていた。揺れる紅茶をひとすすりし、さっきの妙ないらだちが雲散してることに気づいた。

居ついて十日足らずのうちにリビングはもうソウの巣窟と化してしまった。ガラステーブル上はまるめたアルミ箔や絵の具、オブジェ群がまき散らされ、チーク材の床は古チラシや古雑誌、おびただしい数のシール類、包装紙なんかで踏み場もない。わたしはキッチンのダイニングテーブルに肘をつき、タブレットをにらみつけ、色見本帳をめくって翌週のプレゼンの準備をしていた。駅裏に建つタワーマンションの部屋のクロスを受注できたなら、工場にとっては久方ぶりの大仕事、ささやかなおじさんおばさん孝行ができる。

がらくたのなかからソウがやにわに顔をあげ、

「腹へったな」

といった。反射的に掛け時計をみやるともう九時前だ。

「なんか作るわ」

ソウは立ちあがり、わたしは押しだされるようにリビングのほうへまわった。見ていると、冷蔵庫に顔と両手をつっこみ、これ、あれ、それ、と、鈍い銀色にかがやく調理台に並べてゆく。

十五分後にはフライパンの上に茄子と薄豚肉の四川風炒め、小鍋にはアスパラと春雨のスープ、もうひとつのフライパンにはなんだかパラパラしたもののかかったチャーハンが完成し、それぞれの色かたちの湯気を、活発な工事現場みたいに噴きあげていた。

弟は棚からうつわを三つ取りだした。クリーム色のざらっとした大皿に炒めものを、卵の底みたいなボウルにスープを、青みがかった平皿にチャーハンを、なんの躊躇もなく、流れるようによそった。部屋に突然、三つの大きな花がひらいた、そんな感じだ。

小皿にとりわけた料理をぱくつきながらわたしは（小皿も弟が、貝殻をひろうみたいにえらんだ）いった。

「来週にでも、アートとかやめて、マジ、お店やったらいいのに」

頬をほんのり上気させたソウは、スープの春雨を朝露みたいなくちびるにすすりこみながら、いつも通りそっぽ向いてる。

中学生のころはそのくちびるを軽くとがらせ、

「だって、できちゃうんだから、しょうがないじゃないか」

そう、すねたようにいいかえすのが常だった。

家のことや学校のこと、町内や親戚とのやりとりで手一杯だったわたしは、食べものにつかう頭も時間もまるでなかった。小学校の高学年にあがるころには、ほぼ毎日、台所に立つソウの姿が日常の風景になっていた。学校の帰りがけ、図書館で料理本のページをひらいてみれば、味付けや調理の手順がだいたいわかるらしい。毎食、弟のつくったものを当たり前のように口にしているうち、料理にはがさつなくせ、わたしはいつのまにか、ひとよりずいぶん舌のこえた人間に育ってしまった。

「きょうの豚は、南の、海沿いの村の生まれだな」

シンクで大皿を洗うわたしは背中で、ソウのつぶやきをきいている。

「毎日よく走って大きくなった。塩気のある草をたらふく食べて香りのいい脂がのった」

「じゃ、アスパラは？」

「一年土のなかで眠ってから、きのう朝日を浴びながら、山梨の高原でニョキニョキのびた、群れのうちの四本」

食材の、生きものとしての来し方がありありとわかる。ひと皿ずつできあがる料理を、食材それぞれの未来の姿ととらえるなら、この両方向への振れは弟にとって、どうしようもなくできてしまうことの、裏と表にあたるのかもしれない。

平皿の水滴をぬぐいつつ、

「さっきのさ、チャーハンにかかってたパラパラはなんなの」

「鶏皮を炙って細かく刻んだ」

「ほんと、あんた、お店やれば」

といいながら、スパイス立ての端を見やる。やってきた初日に弟が削っていた棒っきれの、未来がちょこんと立っている。すまし顔で枝にとまるコンドルの雛。尾羽の先を、くるりん、と尖らせてある。粗く削った風合いがひと筆書きの立体禅画みたい。アンデス高原の先輩に写真を送ったら、すぐさま、流ちょうなク力語によるお礼の声と、ゆっくりと空を移動してゆく白雲の映像がかえってきた。

掛け時計をふりむいて、うん、とうなずき、

「あんた、行くよ」

「え。またかよ。めんどっちいなあ」

二リットルの、空のペットボトル五本、バックパックに入れて軽く背負った。エレベーターをおり、エントランスから外に出ると、住宅地の夜気にひろろ、ひろろ、と秋虫の鳴き声が響いてる。いちおうボディガード役のソウは、三メートルほど離れて、だらだら蛇行しながらついてくる。

街灯の照らすアスファルトから公園の樹林に踏みこむと、ペン型ライトを向けた足もと以外、灰色の闇に塗りこめられた。弟のひっかけたサンダルがざくざく音高に土の地面を踏み鳴らす。手もとの灯火がやがて、地上に浮かぶ銀色の構造物をとらえた。

バックパックをおろし、ライトを口にくわえたまましゃがみこんだ。一本目のボトルのキャップをはずすと、銀の筒口をあててゆるゆるコックをひねる。すぐさま反応がかえった。銀色の泡をどよめかせ、潤沢で透明な液体が、陽気な犬の群れのように、やわく四角いボトルの内へわんわんあふれかえっていった。

このあたりではめずらしい湧水がでる。移り住んだ翌朝、そう教えてくれたのは101号に暮らす上品な管理人さんだ。手みやげの菓子折をブラウスの胸に抱きすくめながら、

「とっても、やわらかなのよ。舌に吸いこまれてゆくの」

夕方さっそく水筒にくんで、丸みのある陶器の湯のみに注いだのを口にふくんだ。山登りの先で味わった、数知れない湧き水、川、井戸のおかげで、水のよしあしは反射的にわかる。ひと口のみ、ふた口のんでから、中身を一気に喉に流しあけた。おばさんのいうとおり、湿り気がふくふくと味蕾の芯にしみこんでいく。びっくりした。生きてるみたいな水だ。

ペットボトル五本、重さは十キロ。この倍は余裕だけど、こまめに汲んだほうが水の新鮮さがたもたれる。最初の日、樹林に人だかりがしていたのは、近隣に住むひとたちが散歩がてら水汲みにきてた、ってことだった。

六階にもどってすぐリビングの隅にボトルをならべた。まるで部屋をまもるすきとおった番兵の列だった。まるで役にたたない弟のソウは、ソファに正座し、背もたれのむこうから、

「ねえちゃんの無駄な体力には、一生かなわねえや」

といった。

明け方、わたしはもう起きてしまって、ちょうどよい大きさのポットをボトルの水でみたし、先輩の植物に声をかけながら、プランターの土に真上から、数字の6を描くつもりで注ぎかけた。マンションの左ななめから、黄金色の毛糸みたいな朝日がまっすぐにのびてきて、窓ガラスをすりぬけ、リビングの床に結びついた。

光線のあたたかみを横腹におぼえつつ歩みより、もう一本の植物にもポットの水をあげた。黄金色の光がまわりに乱反射してる。光のなか、つま先立って踊る。

水と光と空気。植物のみどり色が、朝日のなかで一瞬ごとにむきだしになっていく。

来週つぎの個展があるソウは徹夜らしかった。まるめた新聞紙をぎっちり段ボール紙に貼り込めながら、しわくちゃの半紙みたいに眠たげな顔をむけ、

「そういうまめさは、まあ、たいしたもんだって認めるよ」

といった。

かさこそと秋が過ぎ、冬が白い息をたてて歩み去っていった。

ライン動画の先輩は、風体も表情も、山岳を飛翔する偉大な鳥にどんどん近づきつつあった。クカ族の若者たちに手拍子ではやされながら、いまにも高枝から太陽へむかって飛びたちそうにみえた。

初春のひと月のあいだに、わたしは三本大きな契約をとった。龍吉おじさんとベテランの職人さんたちは楽しげにどら声をかけあいながら、滅多にない忙しさの海を泳ぎまくっていた。

ソウの個展は美術雑誌のカラーページを飾り、広告の会社からポスターのオファーが来たけれど、すべて無視した。指導教官がグループ展に出品したインスタレーションを盛大にこきおろし、年明けすぐ、早々に留年がきまった。

大学なんかさっさとやめて、食堂やりながら制作してりゃいいのに。けっこう本気なわたしのアドバイスに、

「合う合わないはあってもさ、むきだしの、ほんものの絵がいっぱい描かれてる

現場に立ちあえてるってライブ感は、とにかくいいんだよ」

　とソウは、めずらしく、やっぱり本気っぽいことばをかえした。

　先輩の植物と、注ぎかける地下水のせいか、部屋は日に日に、いっそう潤いを増していった。湿っぽいわけじゃなく、森の奥みたいにみどりがかった空気が、たえず循環している気配がたちこめた。はじめはとり散らかってみえたソファまわりも、ランダムに落ちた紅葉の景色がフラクタル図形を描きだすみたいに、ソウの意図をこえて、ふしぎな秩序をたもちはじめた。台所からながめると、山尾根から霧の谷を降りていった先の、落石や流木の転がる河原をみるようだった。

　そんな河原のまんなかで、ソウは手にした小石を並べていく。それが新しい作品のシリーズだった。

　ねずみ。いんこ。いぬ。うま。あゆ。

　石粉粘土を左手にとり、右手指を少し筆洗の水にひたしてから、寿司職人みたいな手つきで両手をこねる。

　ねこ。とかげ。かなぶん。かに。かば。

　たなごころと指がどんな風に動いてるのか想像もつかない。五分ほどこねてからゆっくりひらいたてのひらには、真っ白でつるっつるな小石が乗っかってる。じっとみてるとそのかたちに焦点が合い、あっ、と息をのむ。寝そべるりす、はらばいになったひつじ、横たわるはと。目を離すと輪郭はゆるみ、また、なんの変哲もない小石にしかうつらなくなる。光のあたり具合か、視角によるのか、手指でこねた白い粘土が、動物のかたちそのものに、見えたり、見えなかったりする。まるで魔法だ。

ソウは、いきものうつわシリーズ、って命名していた。

「うつわの、うつ、ってさ、『虚ろ』のうつと通じてるんだぜ。つまりは、からっぽ、ってことなんだ。龍吉おじさんに教わった」

手を動かしながら笑う。

「いきものって、それぞれちがったかたちの容れものに、中身がつまってる、みたいなことだろ。こいつらには、中身がない。虚ろなうつわ、そのものだ」

粘土のすべりをよくするための水は、公園の湧き水を使ってる。だからか、からっぽ、っていうけれど、この部屋の床やテーブルの端で、つるっつるの小石が生き生きと光ってみえる。植物の呼吸と通じあってるのかもしれない。六階の高さの二酸化炭素、サッシ窓から射す光、そうして地下水によるエネルギー再生のシステム。動物もわたしたちも植物の働きで酸素をもらい、きのうを今日へ、今日を明日へと、生のロープを細々とつないでいる。

ばく。ぶた。おおとかげ。せみ。たこ。

しまへび。とび。さざえ。かめ。うさぎ。

ソウが濡れタオルで手をぬぐってる。今日はこれで制作はおしまい。ガラステーブルとソファのまわり、石の粉や画材が散乱してはいるけれど、床にも壁にも家具にも、弟はこの部屋の一箇所たりとも傷つけたり、削ったり、損ねたりしていない。絵の具のしずくさえ落としてない。一見、でたらめに散らばったりまとまったりしてみえるだけ。ソウにとってみれば、それはそれで、手を動かして生きているあかし。さまざまなものが循環しまくっている生態系、っていえなくもない。
朝と夜に一度ずつ、ソウはキッチンに立ち、食器棚におさめられたうつわをなにごころなく手にとった。平皿、お鉢、ガラスのボウルに白磁のお椀。ひとつひとつ、からっぽだったどのうつわにも、それぞれにふさわしい料理にしたてられた、以前には生きていた動物と植物の未来がもられた。口にするやそれらの未来は、いまの時間に同化し、たちまちわたしたちのからだへ音もなくしみこんだ。

かれい（ムニエルに）
里芋（すりおろしてスープに）
きのこと春菊（あえものに）

豚（ひき肉を納豆と炒めものに）
茄子（みそ汁で）
おかひじき（おしたしで）

豚（ソテーし、ゆずとハチミツソースをかける）
じゃがいもとごぼう（ごまだれのサラダに）
プチトマト（ごろごろスープに）

かつお（たたきにしてバルサミコソースをかける）
ほたるいか（小間切れにして炒め、カッペリーニとあえる）
トマト（一個まるごとピクルスに）
羊（ひき肉にして餃子に）
わけぎとあさり（紹興酒蒸しに）
しば漬けとミモレット（あえものに）

先輩から連絡がとだえていたのに気づかなかったわけじゃない。コンドル修行が佳境を迎えてるんだ、くらいに思い、窓から南東の空を見つめて健闘をいのった。

真夜中すぎにおばさんから電話があった。ラインでなく、携帯のふつうの番号にかかってきた。ソファにうつぶせに沈むソウを、肩を揺らせて起こし、絵の具の汚れやかぎ裂きがないシャツとジャケットを着せて、マンションのドアを出た。玄関の前に手配したタクシーがウィンカーを瞬かせながら停まっていた。

病院に到着し、足早に廊下をすすんでいくと、午前三時過ぎにもかかわらず、工場の職員さんたちがほぼ全員あつまっていた。ソウはようやく頭の焦点が合ってきたみたいで、おばさんは、おばさんはどうした、と誰彼なく、うわごとみたいに声をかけてまわった。ソウの身を古参の職人さんたちにあずけ、照明と闇がまじりあった廊下を、待合フロアのほうへひとりですすんだ。

中央の丸テーブルにおばさんがすわっていた。ゆっくりと近づき、音をたてずに椅子を引いてとなりにすわった。ふた呼吸おいて、うつむいたおばさんの、膝の上で軽く握りしめた両のこぶしにてのひらを重ねた。

「わるいねえ、わるいねえ、アユちゃん」

おばさんはいった。わたしは首を振った。返すどんなこたえも持っていなかった。ただおばさんの横顔をみつめ、重ねたてのひらに出せるかぎりの力をこめた。

翌日、工場の隣の自宅へ、おじさんのからだがもどってきた。職人さんたちと葬儀屋さんは、ふだんはとりどりの色であふれている工場のなかを、またたくまに、しめやかなモノトーンのしつらえに模様替えしてしまった。

わたしはずっとおばさんのそばにいた。ソウはおじさんの棺にしじゅう視線を投げ、ぽつりぽつり、ピアノ線みたいな声をかけつづけた。

高校時代のソウのバイト先をすべて紹介してくれたのはおじさんだった。美大にはいってすぐの頃、俺ぁびた一文ださねえよ、おめえの展覧会だろ、ぜんぶ自分で手配しな、そうでなきゃあ、おめえ、嘘っぱちだあ、そういって大笑いしたのもおじさんだった。個展の初日、畳二畳分はありそうな、派手な花輪をギャラリーに送ってきたのも。そのおじさんがいまは、あいまいな彩度の花々にぐるりをとりまかれ、木箱のなかで目をとじ、なにもいわずに横たわっている。

お通夜の直後、お坊さんがタクシーで走り去るのを待ちかまえていたかのように、胸もとの携帯電話がふるえた。ライン通話のボタンを押しこみ、

「もしもし」

「アユコ」

ふと夜空をみあげた。先輩の声がそこから降ってきているような気がしたのだ。

「なにかあったよね」

「はい」

龍吉おじさんのことを手短に伝えると、牧野先輩は息をのみ、

「ソウくんは、だいじょうぶだよね」

といった。

「はい、なんとか、自分で切り替えようとしてるみたい」

わたしは電話を握りなおし、

「ほんと、幼稚園児のころと、まんま変わんないんだから」

「アユコはどうなの」

マキ先輩はいった。

「山のころみたいに、なんでもぜんぶ、引きうけちゃおうなんてしちゃだめよ。かなしさがあふれてどうしようもなかったらさ、アユコだって、誰かにすがって、わんわん泣きまくったっていいんだよ」

「ありがとう、先輩」

また夜空をみあげる。星の光が、まるで天気雨みたいに降りおちている。さんさんと輝きをはなつ、天体のその音さえ耳にとどきそうだ。

「わたしもね、だいじょうぶと思う」

「そう」

この星のほぼ裏側で、マキ先輩はたぶん少しだけうなずき、

「そうだね、アユコ、アユコの声には、ちゃんとしたかなしさがあふれてる」

そうしておだやかに、息をふきかけるようにライン電話をきった。


祭壇の前にすわったお坊さんは龍吉おじさんの地元の親友だそうだ。わたしがこれまで耳にしたあらゆるお経のなかで、いちばんまっすぐで滑舌のよい般若心経が、工場じゅうにこだました。この日まで呪文にしかきこえなかったお経の文句が、一語一語、胸のなかに書きしるされていくようだった。

お悔やみの列は工場を二重にとりまいた。近隣住民の九割が集まっていそうだった。おばさんは椅子から動けず、おじさんの弟は夜通し飲んで酔っぱらっていた。いつのまにかマイクを手に、わたしが出棺のあいさつをすることになった。

とちゅう、少し長すぎるかな、と、口を動かしながら思った。喪服の列のあいだから一瞬、おだやかな笑いがおきた。お辞儀をすると、ばさばさ羽ばたきみたいな音がまわりで響いた。肩を、ぽん、ぽん、と二度たたかれ、ふりむくと微笑みながらお坊さんが立っていた。

マイクロバスの隣でソウはうつむいたまま、

「おじさんを、イタリアに連れてく約束してたんだ」

といった。声はよく通ってる。

「アルプスのぼって、かたつむり添えのポレンタくいてえ、って」

「おばさんといっしょに行こう」

わたしはこたえた。

「そうすれば勝手に、おじさんもついてくる」

斎場の上の空は冗談みたいに雲ひとつなく青色に澄んでいた。成層圏を透かして星が瞬いてみえる、と思ったらジェット機の翼だった。横長で黒い建物のあちこちから、あの高い空の上にむかって、透明な煙が何筋もふわふわよじれながら、魔法の縄ばしごみたいにのぼっていく。

葬儀屋さんが待合室へ呼びにきた。つるつるの床に靴底を鳴らして、わたしとおばさんを先頭に、みなで収骨室までだまって歩いた。

台の上のおじさんの骨はところどころ、あおむけに置いた人体模型みたいにもとのかたちをたもっていた。立派なお骨をおもちですねえ、と、白手袋の葬儀屋さんが吐息まじりにささやいた。ほんとうだ。頭蓋骨の先の、顎のラインまでのこってる。

親戚や友人たちが、台の両側からお骨に箸を差しのばし、飴色をした壺の口までゆっくりと運ぶ。わたしとソウは背骨のまんなかあたりだった。

「だめだ、入りきらねえや」

部屋のどこかで誰かがいった。お骨をとりまく人垣から笑いがあがった。野太いその響きは、龍吉おじさんの声そっくりだった。おじさんの立派なお骨は、たしかに、飴色の壺からいまにも溢れだしそうだ。

「しょうがない、ちょっと減らしますか」

葬儀屋さんが軽くつぶやくと、また、ささやかな笑いの波がひろがった。

喪主のおばさんと、おじさんの弟のふるえるお箸が、龍吉おじさんの第二頸骨、いわゆる喉仏を、危なっかしい手つきで運んでいく。壺の口にできたなだらかな窪みに、その仏が無事鎮座した瞬間、収骨室であまり起きそうにないことが起きた。台をとりまくみんないっせいに拍手したのだ。

骨壺のてっぺんで仏様は手を合わせ坐禅を組んでいた。真っ白い一個の骨がまさしくそんなかたちに整っていた。じっと見つめていたソウが顔をあげ、わたしに赤い網のかかった目をむけた。声にださなくとも、口を動かさなくっても、ソウのいいたいことがわたしには糸電話みたいにつたわった。

白い骨。いきものの、からっぽのうつわ。とっくに出ていってしまって、おじさんはいない。だからって、骨にむかってこうして手を合わせるのは意味のないことじゃない。

そっと目をあけうかがうと、白い仏様は頭をさげ、大ぶりなたなごころを結んでる。まるでわたしたちに、こころからのお祈りをかえすみたいに。

ドアをあけた瞬間、目がくらんだ。三日ぶりにもどった部屋には、まばゆいくらいの匂いがたちこめていた。立ちくらみのようになって廊下にたたずむわたしの横を、身を斜めにしたソウがすっと刃物みたいに通りぬけた。

リビングへつづく戸は開け放たれていた。二回、三回と、高地訓練の要領で、濃厚な空気を胸に出し入れすると、わたしは壁面をなぞりながら、まばゆい香気のこもったリビングの床へ右のつまさきを踏みいれた。

サッシ戸の前に立つソウの輪郭が黒々と光った。その前で植物の大ぶりな葉がひらひらとひるがえった。そこに花々があった。幹からささやかに伸びる小枝の根元ねもとに、それぞれひとつずつ、毛糸玉みたいにまんまるな花が開いていた。

「七つ」

見つめたままソウがつぶやく。

「今日のあけがただ。つぎつぎと、七つ咲いた。で、これきり、来年まで咲かない」

「たいへん」

わたしはトートバッグから携帯電話を取りだし、

「先輩に連絡しないと」

ライン電話はつながらなかった。つながってたのかもしれないけど、グルルルル、チャッチャッチャッ、ウワンウワンウワン、と、犬の空咳みたいなノイズにかき消されてなにも聞こえなかった。

目のくらむほどの香気を発しながら、植物の花はどこまでもたおやかで、口のなかに含めば一瞬で蒸発しそうなくらいはかなげにみえた。それぞれの花が、純白の花弁の芯に、うすもいろ、みずいろ、淡いむらさきと、とりどりの色をにじませていた。

膝を曲げて携帯電話をかまえ、光の加減を気にしつつ、わたしはくりかえしシャッターを切った。匂いと、この泡みたいなかがやきは、写真におさめようがないけれども。

「ねえちゃん、水」

まうしろでソウの声がした。

「え、なに」

「水だよ、はやく」

ふりむけば台所から大ぶりすぎる鉢を持ってきている。食器棚におさまらず、シンクの下でお鍋類を重ねて置いてあった焼き物。わたしのなかで焦点が合った。やわらかく力強いてのひら、誰もを包みこんでどこへでも運んでいけそうな笑顔。まちがいなくこの大鉢こそ、牧野マキ先輩がその手で土をこね焼きあげた自作のうつわだ。

「みず、みず、みず」

わたしはリビングの隅に滑りこんでならんだペットボトルを両手で二本つかんだ。バネ仕掛けのようにとってかえすと、ソウがすえた大鉢の底に公園でとった湧水を勢いよく注ぎいれた。とぽとぽ小気味よい音と青ずんだ水滴、かきまわされる花の香気がうつわからたつ。

みあげるとソウは植物にクラフトナイフを当てていた。

「ソウ」

「しっ」

息を殺し、幹のなかばあたりで咲いた中くらいの一輪を、根元から左のてのひらで支えた。その下の茎に刃を当て、すっ、と斜め上に動かした。瞬間、弟の手も腕もからだも消え、白い花がみずからの意志で宙に浮かんでいるようにみえた。花は迷いなく、急がずに飛んだ。なだらかな放物線を描き、植物の幹から床のほうへゆっくり降下すると、大鉢に張られた透明な水面に、そこに来るのが運命づけられていたかのような自然さで、いっさい音をたてずに着水した。

気がつくと、ポケットで携帯電話が鳴っている。

「もしもし」

「アユコ、なんかあったでしょ」

あいかわらず鳴りわたる、グルグル、ウワンウワンのすきまを縫って、マキ先輩の声がいった。

「はい」

横からソウが頬を近よせ、

「あの、植物の、花が咲きました。咲いちゃいました」

「ああ、そうなのね」

グルルルル、チャッチャッチャッ。

「俺、生きもんの過去と近い未来が、なんとなく見えるんす」

ソウのことばもノイズの合間をのびてゆく。

「いってたね」

と牧野先輩。

「植物の、この花、このままだと今晩にはしぼんじまいます。切り花にして水に浮かせとけば、あと三日はもつかも」

「あ、来た来た」

と先輩。

「おお、うつくしいねえ」

たったいまわたしが送信した切り花の写真。淡い光のさす大鉢のまんなかで、一輪の花が息をつき、そっと水を吸いあげながら、この瞬間の命の輝きをぞんぶんに放ってる。先輩が遠い日にかたどったうつわの縁から、目にみえないけれども澄みきったものがじゃぶじゃぶ潤沢にあふれてる。

「三日もってくれたらじゅうぶん」

いつのまにかノイズはやんでいた。

「いま空港。そっちの時間で、明日の昼には戻るから」

「え、先輩」

わたしは口を寄せ、

「『コンドルのしもべ』は」

「それにはもう、とっくになっちゃった」

と先輩。

「そしたらね、わたしまだ、結婚しなくていいんだなってことがよおくわかった。コンドルが教えてくれたの。だからわたし、コンドルじゃなくって、飛行機でいまからそっちまで飛ぶわ」

ソウがくつくつ声をあげて笑い、呆気にとられていたわたしも、

「ほんっと、へんなの」

釣られて笑いだした。

「でも、先輩らしいや」

「あ、ふたりはそこにいてくれていいからね」

くぐもって響きわたる空港アナウンスをバックに、先輩はいった。

「ていうか、住んでてほしい。片づけとか、なんもしなくっていいよ。おみやげに、コンドルの呪い羽根、一枚ずつ持ってかえる。効くよ。じゃ、また明日」

先輩が電話を切ってすぐ、枝間に残った花のために、ソウがうつわを六つ選んだ。すぱすぱと首もとを切られ、二、三枚の葉ごと水面に浮かんだ花たちは、それぞれがかけがえのない「いきもの」にみえた。一輪ずつ、大きさ、かたち、印象、ともにぴったりの容れものにつつまれて。

ソウは霧吹きをとり、

「ねえちゃん、俺、ほんとにここにいていいのかな」

植物の枝にできた切り口に水をかけはじめた。

「いまさら、何いってんだか」

しゃがみこんだ姿勢で、ひとつひとつの花に見入りながら、わたしはつぶやいた。

「ねえ、ソウ、わたしたちも、みんな、具材みたいなもんだよね」

「なんだそれ」

弟が肩をすくめた。生っ白い首筋にまばゆい陽光の粒がかかる。わたしたちの過去、いま、未来。目にみえないそれぞれの容器から、気づかぬまに、いつのまにかさらさらとこぼれだしていく。

「いいこと、教えようか」

わたしはいった。

「わたしもね、むかし、龍吉おじさんに教わったんだ。うつわの、うつ、ってさ、『うつくし』のうつとも通じてるんだよ。知ってた？」

「知んないね」

しゃがんだまま、サッシ戸の外をみあげた。わたしたちの街は、あいかわらず真上から真っ青なボウルに包まれている。どこまでもからっぽなあの空の上で、牧野先輩の飛行機と龍吉おじさんの煙が、もうじきにすれ違う可能性はまったくゼロじゃない。

「ねえ、ソウ」

ソファに腰を沈め、テーブルにむかってまた「いきもの」を握りはじめた弟に、

「今晩、ポレンタつくってよう」

弟はふりむきもせず、

「んじゃ、かたつむりとってこいよう」

その日、夕食の献立は、北イタリアの名物料理、ポレンタのかたつむり添えとなった。コーンミールを煮込んだ上に、ハムやパセリを散らしたお粥、って感じ。先輩の食器棚の、青みがかったグラスでわたしは格安の赤ワインをすすり、下戸のソウはマグカップで大量の湧水を飲んだ。あつあつのポレンタをよそった柔らかな手ざわりの深皿に、白々と光る花を浮かべたスープボウルと、粘土製のかたつむり三体を添えた。

うつわ小説

その**1**

からっぽの光

2024年7月7日　初版第一刷発行

著者　いしいしんじ

プロデュース　うつわ祥見KAMAKURA

ブックデザイン　吉岡秀典
＋及川まどか＋権藤桃香
（セプテンバーカウボーイ）

発行者　上野勇治

発行　港の人
神奈川県鎌倉市3-11-49
〒248-0014
電話　0467（60）1374
ファックス0467（60）1375
www.minatonohito.jp

印刷製本　創栄図書印刷
レトロ印刷（リソグラフ）

ISBN978-4-89629-442-2 C0093

The UTSUWA Series Book 1

いしいしんじ

作家。1966年大阪生まれ。1994年『アムステルダムの犬』でデビュー。2003年『麦ふみクーツェ』で坪田譲治文学賞、2012年『ある一日』で織田作之助賞大賞、2016年『悪声』で河合隼雄物語賞を受賞。そのほか『ぶらんこ乗り』『プラネタリウムのふたご』『海と山のピアノ』『みさきっちょ』『マリアさま』など多数の著書をもつ。現在京都在住。